Marjolein Bastin

Spaziergang mit Jane Austen

COPPENRATH

FSC
www.fsc.org
MIX
Papier aus verantwortungsvollen Quellen
FSC® C020056

ISBN 978-3-649-63936-7
2021 Coppenrath Verlag GmbH & Co. KG,
Hafenweg 30, 48155 Münster, Germany
Konzept: Coppenrath Verlag
Illustrationen: © 2021 Marjolein Bastin
Grafische Gestaltung: Stefanie Bartsch
Redaktion: Christina Bloem

www.coppenrath.de

Oh, ich verdiene immer die beste Behandlung, weil ich mir eine andere nie gefallen lasse.

Emma Woodhouse

EMMA

Wenn du doch schon hier bist,
ist es viel vernünftiger, du tanzt.

Mr. Bingley zu Mr. Darcy

STOLZ UND VORURTEIL

Jede Torheit und jeder Unsinn,
Launen und kleine Eitelkeiten,
das alles amüsiert mich sehr.

Elizabeth Bennet

STOLZ UND VORURTEIL

Zwischen gern tanzen
und sich verlieben war es
nur noch ein kleiner, ein fast
unvermeidlicher Schritt!

Sinn und Sinnlichkeit

Kehr du nur wieder
zu deiner Tänzerin zurück
und sonn dich in ihrem Lächeln.

Mr. Darcy zu Mr. Bingley

STOLZ UND VORURTEIL

Ihr war nach Tanzen, Singen
und Jubeln zumute.

EMMA

Wenn einer jungen Dame
in ihrem Heimatdorf keine Abenteuer
zustoßen wollen, muss sie eben
in der Ferne danach suchen.

NORTHANGER ABBEY

Keiner von uns erwartet,
das ganze Leben in ruhigen Gewässern
zu verbringen.

Anne Elliot

ÜBERREDUNG

Gute Apfelkuchen sind
ein beträchtlicher Teil unseres
häuslichen Glücks.

BRIEF AN CASSANDRA AUSTEN, 17. OKTOBER 1815

Spotte du nur, soviel du Lust hast;
von meiner Ansicht kann mich
dein Spott nicht abbringen.

Jane Bennet

Stolz und Vorurteil

Je mehr man sich bemüht,
mich ängstlich zu machen,
umso weniger Angst habe ich.

Elizabeth Bennet

STOLZ UND VORURTEIL

Nein – ich muss meinen Schreibstil beibehalten und meinen eigenen Weg gehen; und auch wenn ich nie wieder Erfolg damit haben sollte, bin ich mir sicher, dass ich auf jedem anderen Weg versagen würde.

BRIEF AN JAMES STANIER CLARKE, 1. APRIL 1816

Nachlässigkeit kann sich
ein Künstler nicht erlauben.

BRIEF AN CASSANDRA AUSTEN, 17. NOVEMBER 1798

Vergeblich habe ich mit mir gerungen; es geht nicht mehr so weiter. Meine Gefühle lassen sich nicht länger unterdrücken. Ich muss Ihnen sagen, wie sehr ich Sie bewundere, wie sehr ich Sie liebe.

Mr. Darcy

STOLZ UND VORURTEIL

Ach, warum kann
nicht jeder so glücklich sein!

Jane Bennet

STOLZ UND VORURTEIL

Die Ehe ist ein Lebenselixir.

Brief an Cassandra Austen, 20. November 1808

Oh Lizzy! Tu, was du möchtest,
nur heirate nicht ohne wirkliche Liebe!
Bist du sicher, dass dein Gefühl
dich nicht trügt?

Jane Bennet

STOLZ UND VORURTEIL

Alles ist wünschenswerter und erträglicher als eine Heirat ohne Zuneigung.

Brief an Fanny Knight, 18. November 1814

Ich finde jeder hat das Recht,
wenn möglich, einmal im Leben
aus Liebe zu heiraten.

BRIEF AN CASSANDRA AUSTEN, 27. DEZEMBER 1808

Ich sehe Dichtung als Nahrung der Liebe.

Mr. Darcy

STOLZ UND VORURTEIL

Und manchmal habe ich
meine Gefühle für mich behalten,
weil ich keine Sprache finden konnte,
in der sie zu beschreiben waren.

Marianne Dashwood

SINN UND SINNLICHKEIT

Glaube mir, ich bin es ebenso leid
wie du, lange Briefe zu schreiben.
Wie schade nur, dass man sie
so gern bekommt!

BRIEF AN CASSANDRA, 30. JUNI 1808

Die eine Hälfte der Welt
kann die Freuden der anderen
nicht verstehen.

EMMA

Solange Fanny die Menschen in ihrer Umgebung glücklich macht, wird es ihr selbst an Glück nicht fehlen.

Brief an Cassandra Austen, 24. Januar 1809

Es gab zwanzig Tänze und
ich tanzte sie alle,
und zwar ohne jede Ermüdung.

Brief an Cassandra Austen, 24. Dezember 1798

Geben Sie ihm ein Buch und
er wird den ganzen Tag lesen.

Charles Musgrove über Captain James Benwick

ÜBERREDUNG

Meine Vorstellung von guter Gesellschaft, Mr. Elliot, ist die Gesellschaft von klugen, kenntnisreichen Leuten, die sich eine Menge zu sagen haben.

Anne Elliot

ÜBERREDUNG

Eine Menge hübscher Hüte in den Schaufenstern der Cranbourne Alley! Ich hoffe, dass wir beide in Versuchung geraten, wenn du kommst.

Brief an Cassandra Austen, 5.- 8. März 1814

Ich bin entschlossen, ein
schönes Musselinkleid zu kaufen,
sobald ich die Gelegenheit habe.
Ich bin der Hälfte meiner Garderobe
so überdrüssig und schäme mich
so sehr, dass schon der Anblick
des Kleiderschranks, in dem sie
hängt, mich erröten lässt.

BRIEF AN CASSANDRA AUSTEN, 25. DEZEMBER 1798

Es tut mir leid, dir sagen zu müssen, dass ich sehr extravagant geworden bin und all mein Geld ausgebe. Und was für dich schlimmer ist, deins habe ich auch ausgegeben.

Brief an Cassandra Austen, 18.- 20. April 1811

Es ist eine Tatsache, über die sich die ganze Welt einig ist, dass ein alleinstehender Mann mit einigem Vermögen unbedingt auf der Suche nach einer Lebensgefährtin sein muss.

STOLZ UND VORURTEIL

Ich kann erst dann über die Früchte entscheiden, wenn ich wieder von dir gehört habe. Abgesehen davon, kann ich mich des Eindrucks nicht erwehren, dass es natürlicher ist, Blumen aus dem Kopf wachsen zu haben anstatt Früchte. Was meinst du?

Brief an Cassandra Austen, 11. Juni 1799

Ich habe Japantinte gekauft und
werde nächste Woche die Prozedur
an meinem Hut beginnen, wovon,
wie Du weißt, meine wesentlichen
Hoffnungen auf Glück abhängig sind.

BRIEF AN CASSANDRA AUSTEN, 27. OKTOBER 1798

Wer immer standhaft ist, ist oft unnachgiebig. Zu wissen, wann man nachgeben muss, darin verrät sich Urteilskraft.

Henry Tilney

NORTHANGER ABBEY

Was du an einem Tag meinst,
weißt du, meinst du am nächsten
vielleicht schon nicht mehr.
Umstände ändern sich,
Meinungen auch.

Isabella Thorpe

NORTHANGER ABBEY

Man sollte nach
dem Glück greifen,
wann immer man
es erreichen kann.

Henry Tilney

NORTHANGER ABBEY

Untätig vor einem
guten Kaminfeuer in einem
schön proportionierten
Raum zu sitzen
ist ein luxuriöses Gefühl.

BRIEF AN CASSANDRA AUSTEN, 8. NOVEMBER 1800

Erkenne dein eigenes Glück!

SINN UND SINNLICHKEIT

Für einen Verliebten ist der Mann zu galant. Aber andererseits gibt es wohl hundert verschiedene Arten, verliebt zu sein.

Emma Woodhouse

EMMA

Wieso gönnen wir uns
den Genuss nicht sofort?
Wie oft wird die Freude durch
Vorbereitungen verdorben,
durch törichte Vorbereitungen!

Frank Churchill

EMMA

Wenn ich nur wüsste, was er denkt,
dann wäre alles viel leichter.

Marianne Dashwood

SINN UND SINNLICHKEIT

Was ist die Liebe doch
für eine eigenartige Sache!

Emma Woodhouse

EMMA

Ich finde ihn in jeder Hinsicht achtbar und liebenswert.

Marianne Dashwood

SINN UND SINNLICHKEIT

Ich habe im Laufe meines Lebens
die Beobachtung gemacht,
dass, wenn einen Monat lang
alles schiefgeht, sich im nächsten
Monat alles wieder einrenkt.

Mr. Weston

EMMA

Ein Optimist, der immer mehr erwartet, als dann wirklich eintrifft, bezahlt seine Hoffnungen nie mit der entsprechenden Niedergeschlagenheit. Er kommt über die Enttäuschung hinweg und beginnt wieder zu hoffen.

EMMA

Doch wenn sich schließlich ein Plan zum Glücklichwerden nicht erfüllt, so wendet sich die Natur eben einem anderen zu. Wenn die erste Rechnung nicht aufgegangen ist, dann machen wir eine zweite, bessere auf.

MANSFIELD PARK

Es sollen
andere Stifte in Reue
und Elend schwelgen.

MANSFIELD PARK

Jeder möchte
am liebsten seinen
eigenen Weg gehen.

Edmund Bertram

MANSFIELD PARK

Jeder hat die Pflicht,
es so weit zu bringen, wie er kann.

Mary Crawford

MANSFIELD PARK

Ein lebhafter und entspannter Geist kann sich mit einem bloßen Nichts beschäftigen, und es gibt nichts, wodurch er nicht unterhalten wird.

EMMA

Das Bett war außerordentlich gut geeignet für uns beide, um darin bis zwei Uhr morgens wach zu liegen und zu reden, und auch um den Rest der Nacht zu schlafen. Ich schätze Martha mehr denn je, und ich habe vor, sie zu besuchen, sobald ich kann.

BRIEF AN CASSANDRA AUSTEN, 9. JANUAR 1799

Ich werde heute Nacht
nicht meine weiße Satinkappe
tragen, sondern einen Cahouk,
den Charles Fowle Mary
geschickt hat und den sie mir ausleiht.
Das ist jetzt groß in Mode und wird
in der Oper und von Lady Mildmays auf
den Hackwood-Bällen getragen.

BRIEF AN CASSANDRA AUSTEN, 8. JANUAR 1799

Ich hoffe, mein Vater ist so gut,
seine verlorene Tochter aus der Stadt
abzuholen, es sei denn, er wünscht,
dass ich die Krankenhäuser durchquere,
bei den Temple-Juristen eintrete
oder mich als Wache bei St. James
aufstellen lasse.

BRIEF AN CASSANDRA AUSTEN, 18. SEPTEMBER 1796

Ach, ich finde
das Buch herrlich!
Am liebsten würde ich es
mein Leben lang lesen!

Catherine Morland

NORTHANGER ABBEY

Wer an einem guten Roman keine Freude findet, muss unerträglich stumpfsinnig sein.

Henry Tilney

NORTHANGER ABBEY

Wir haben ihn schließlich
doch noch zum Tanzen überredet.
Ich war sehr froh, ihn nach so langer
Trennung wiederzusehen, und er war
das Genie und der Flirt des Abends.

BRIEF AN CASSANDRA AUSTEN, 24. DEZEMBER 1798

Ich hoffe, dass du weiterhin schön bleibst. Bürste dir die Haare, aber kämm sie nicht ganz aus.

BRIEF AN FRANK AUSTEN, 3. JULI 1813

Dein Bericht über Weymouth enthält nichts, das mich so betroffen macht, wie dass es in der Stadt kein Eis gibt.

BRIEF AN CASSANDRA AUSTEN, 14. SEPTEMBER 1804

Ich bin sehr angetan von experimenteller Haushaltsführung, etwa eine Ochsenbacke ab und zu. Nächste Woche möchte ich eine mit kleinen Knödeln, damit ich mir einbilden kann, in Godmersham zu sein.

BRIEF AN CASSANDRA AUSTEN, 17. NOVEMBER 1798

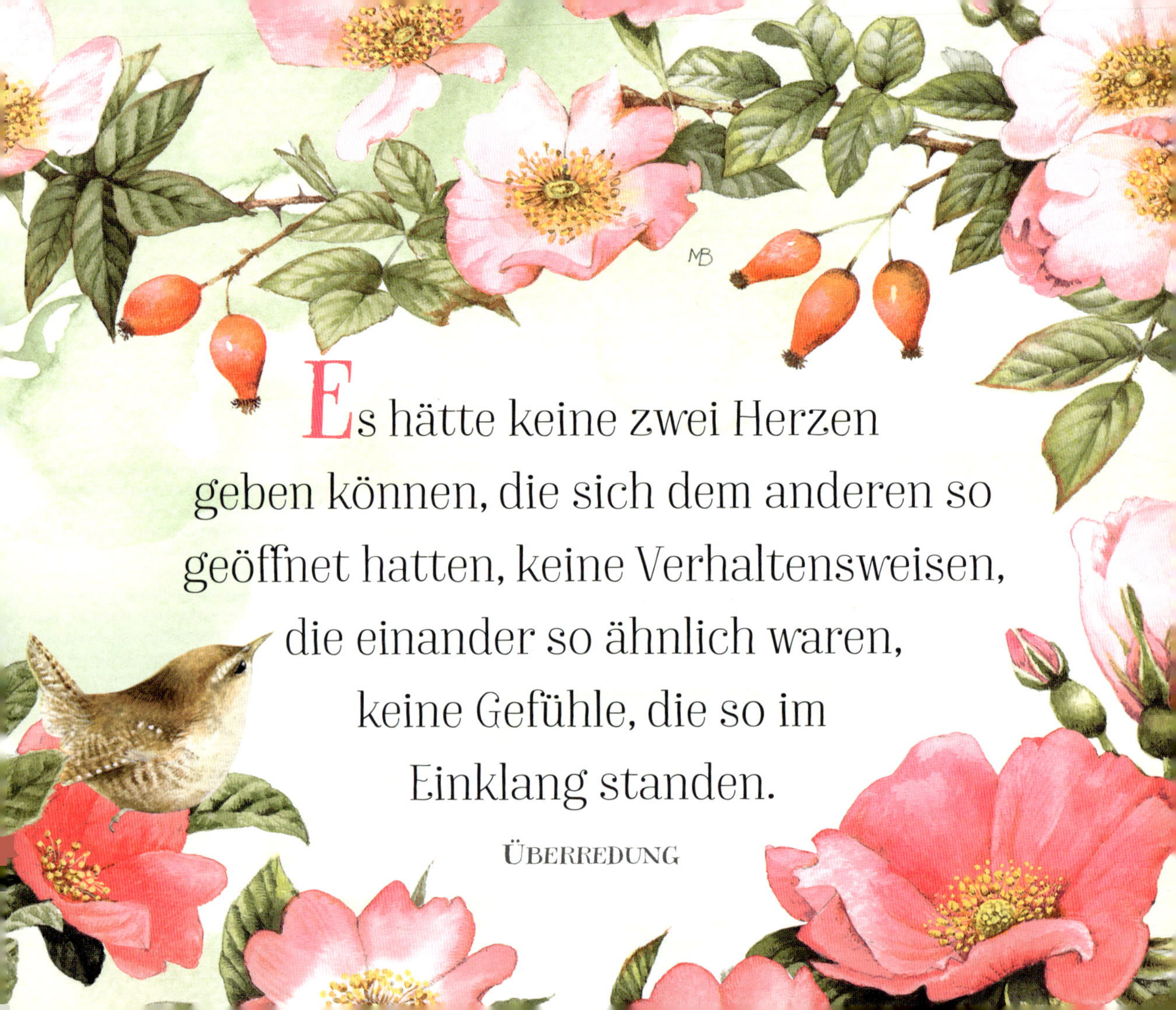

Es hätte keine zwei Herzen geben können, die sich dem anderen so geöffnet hatten, keine Verhaltensweisen, die einander so ähnlich waren, keine Gefühle, die so im Einklang standen.

ÜBERREDUNG

Die Liebe war stärker als seine guten und ihre schlechten Gefühle, und solche Liebe musste vereint werden.

MANSFIELD PARK

Es geht doch nichts über
ein gutes Buch!

Caroline Bingley

STOLZ UND VORURTEIL

Ziehen Sie etwa ein Buch einem Kartenspiel vor? Wie merkwürdig!

Mr. Hurst zu Elizabeth Bennet

STOLZ UND VORURTEIL

Meiner Meinung nach hat die Natur die Frauen so reichhaltig mit Gaben bedacht, dass sie es nie für nötig halten, mehr als die Hälfte davon zu benutzen.

NORTHANGER ABBEY

Eine Frau schmückt sich
zu ihrem eigenen Vergnügen.

NORTHANGER ABBEY

Ich habe einen sehr angenehmen Abend inmitten der Gesellschaft von Manydown verbracht. Es gab dasselbe Abendessen wie im letzten Jahr und denselben Mangel an Stühlen. Es waren mehr Tänzer da, als bequem in das Zimmer passten, was immer genug ist, um einen erfolgreichen Ball zu garantieren.

BRIEF AN CASSANDRA AUSTEN, 9. JANUAR 1799

Ich liebe es zu lachen.

Elisabeth Bennet

Stolz und Vorurteil

Wenn ein Buch gut geschrieben ist,
finde ich es immer zu kurz.

CATHARINE (JUGENDWERK)

Er und ich sollten natürlich nicht im Geringsten in dem übereinstimmen, was unsere Vorstellungen von Romanen und Heldinnen betrifft. Bilder der Vollkommenheit machen mich, wie du weißt, krank und böse.

BRIEF AN FANNY KNIGHT, 23. MÄRZ 1817

Ich kann nicht gut genug sprechen, um mich unverständlich zu machen.

Catherine Morland

NORTHANGER ABBEY

Lasst
uns im Luxus
des Schweigens
schwelgen.

Edmund Bertram

MANSFIELD PARK

Es gibt nichts, was ich für
wahre Freundinnen nicht tun würde.
Ich neige nicht zu Halbherzigkeiten,
das entspricht nicht meiner Natur.

Isabella Thorpe

Northanger Abbey

Freundschaft
ist sicherlich der beste
Balsam für die Wunden
einer enttäuschten
Liebe.

NORTHANGER ABBEY

Es ist ein Glück,
wenn gute Menschen
zueinander finden.

Jane Fairfax

EMMA

Gib gut acht,
an wen du
dein Herz verschenkst.

NORTHANGER ABBEY

Das Vergnügen einer Beschäftigung garantiert nicht unbedingt deren Schicklichkeit.

Elinor Dashwood

SINN UND SINNLICHKEIT

Ich halte es nicht für erstrebenswert, so lange auf ein Vergnügen zu warten, bis es dafür eine eindeutige Gelegenheit gibt.

Emma Woodhouse

EMMA

Ich hasse winzige Veranstaltungen - sie zwingen einen zur dauerhaften Verausgabung.

BRIEF AN CASSANDRA AUSTEN, 21. MAI 1801

Die Gesellschaft kann gar nicht groß genug sein. Eine große Gesellschaft sorgt selbst für ihre Unterhaltung.

Mr. Weston

EMMA

Albernheiten und Unsinn,
Skurrilitäten und Widersprüche
machen mir Spaß, das gebe ich zu,
und ich lache über sie, wo ich kann.

Elizabeth Bennet

STOLZ UND VORURTEIL

Von dem, was sie bis jetzt von
sich gegeben haben, kann ich schließen,
dass Sie wohl zwei der albernsten
Mädchen des Landes sein müssen.
Ich habe es schon seit
Längerem vermutet, doch
jetzt bin ich überzeugt.

Mr. Bennet

STOLZ UND VORURTEIL

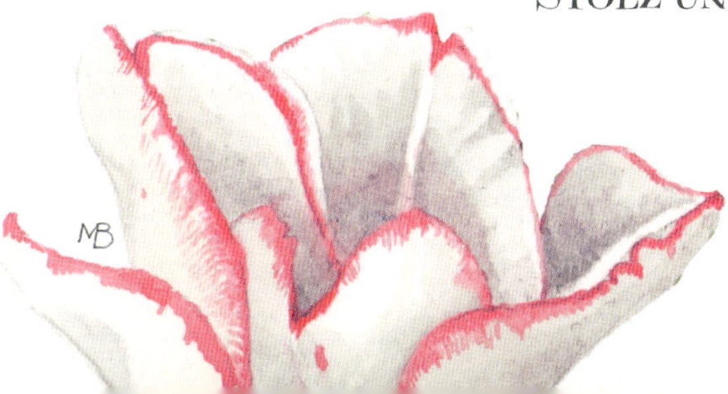

Sag Mary, dass ich ihr Mr. Heartly und
all seinen Besitz für ihre alleinige
Verwendung und ihren Nutzen in
der Zukunft überlasse. Und nicht nur ihn,
sondern auch all meine anderen Verehrer,
wo immer sie sie finden kann.

BRIEF AN CASSANDRA AUSTEN, 16. JANUAR 1796

Schließlich ist der Tag gekommen, an dem ich zum letzten Mal mit Tom Lefroy flirten werde. Wenn du diese Zeilen erhältst, wird es vorbei sein. Meine Tränen fließen über die melancholische Vorstellung.

BRIEF AN CASSANDRA AUSTEN, 16. JANUAR 1796

An einem schönen Tag
im Schatten zu sitzen
und ins Grüne zu
schauen ist die
wunderbarste Erfrischung.

Fanny Price

MANSFIELD PARK

Was bedeuten Männer neben Wäldern und Bergen?

Elizabeth Bennet

Stolz und Vorurteil

Ich könnte seinen Hochmut leicht verzeihen, wenn er nicht meinen Stolz gekränkt hätte.

Elizabeth Bennet über Mr. Darcy

STOLZ UND VORURTEIL

Stolz gehört zu den verbreitetsten
unter allen menschlichen Schwächen,
wenn ich mich nicht irre.

Mary Bennet

STOLZ UND VORURTEIL

Denk an die Vergangenheit nur dann, wenn die Erinnerung daran Vergnügen bereitet.

Mr. Darcy

STOLZ UND VORURTEIL

Zornige
Menschen sind
nicht immer
klug.

STOLZ UND VORURTEIL

Der Billardtisch hier ist ein großer Trost, er zieht alle Gentlemen an, sobald sie sich im Haus aufhalten, besonders nach dem Abendessen, sodass mein Bruder, Fanny und ich die Bibliothek in herrlicher Ruhe ganz für uns haben.

BRIEF AN CASSANDRA AUSTEN, 14. OKTOBER 1813

An Vermögen fehlt es mir nicht, an Beschäftigung auch nicht, an gesellschaftlichem Ansehen auch nicht.

Emma Woodhouse

EMMA

Ihre eigenen Gedanken
und Betrachtungen
waren ihre besten
Gefährten.

MANSFIELD PARK

In Gesellschaft eines guten Buches vergaß er die Zeit.

Stolz und Vorurteil

Nicht Zeit und Gelegenheit sind entscheidend dafür, wie weit sich zwei Menschen nahekommen, sondern alleine ihre Wesensart.

Marianne Dashwood

SINN UND SINNLICHKEIT

Ich kann einen Mann, der mit den Gefühlen von Frauen spielt, nicht achten.

Fanny Price

MANSFIELD PARK

Wie wunderbar, ganz wunderbar
das Wirken der Zeit und
die Wandlungen des
menschlichen Geistes sind!

Fanny Price

MANSFIELD PARK

Aber Menschen unterliegen selbst der dauerhaften Veränderung. Somit kann immer etwas Neues in ihnen wahrgenommen werden.

Elizabeth Bennet

STOLZ UND VORURTEIL

Es ist ein herrlicher Abend, und alle, in denen nicht in frühen Jahren zumindest ein Sinn für die Natur geweckt worden ist, sind sehr zu bedauern.

Mary Crawford

MANSFIELD PARK

Jeder Augenblick
war erfüllt von Freude
und Hoffnung.

MANSFIELD PARK

Ein Weg ist vermutlich so gut wie jeder andere, aber unserer eigener ist uns immer am liebsten.

Admiral Croft

ÜBERREDUNG

Wir alle haben einen besseren
Berater in uns selbst, als es jeder
andere Mensch für uns sein kann,
wenn wir nur auf ihn hören.

MANSFIELD PARK

Die Zeit wird es weisen.

Lady Russell

ÜBERREDUNG

Es gibt Stimmungen im menschlichen Leben, denen man mit gesundem Menschenverstand nicht beikommt.

Mrs. Morland

NORTHANGER ABBEY

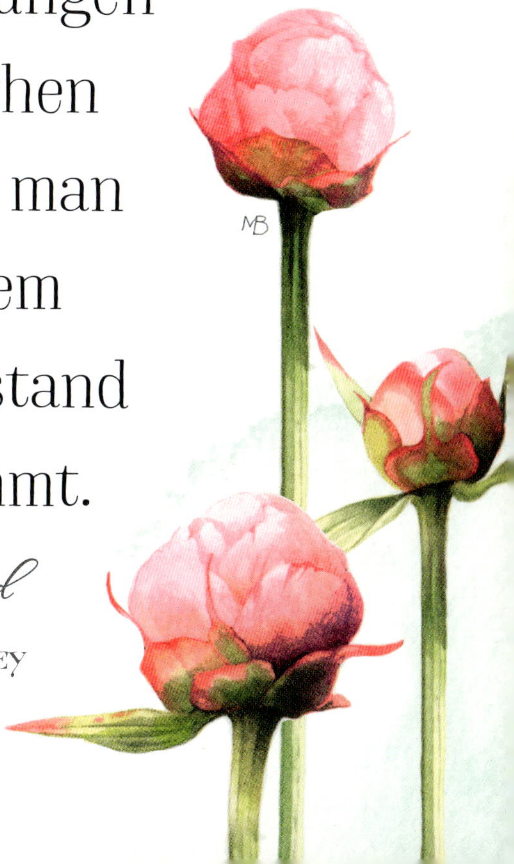

Über Kleinigkeiten soll man sich nicht grämen.

Mrs. Morland

NORTHANGER ABBEY

Du bist nun schon seit vielen Stunden beruhigt, dass Deine freundliche Sorge um mich so überflüssig war, wie freundliche Sorge es meist ist.

BRIEF AN CASSANDRA AUSTEN, 14. SEPTEMBER 1804

Nur die wenigsten
von uns haben ein Herz,
das groß genug ist, um
ohne Ermunterung und
Nachhilfe zu lieben.

Charlotte Lucas

STOLZ UND VORURTEIL

Wenn Sie ein mitleidiges Herz besitzen, dann kommen Sie und speisen Sie mit mir.

Caroline Bingley

STOLZ UND VORURTEIL

Es gibt ja für ein Mädchen
nichts Schöneres, als hin und wieder
ein wenig unglücklich verliebt zu sein.

Mr. Bennet

STOLZ UND VORURTEIL

Wie jeder möchte ich vollkommen glücklich sein, aber auch wie jeder auf meine eigene Weise.

Edward Ferrars

SINN UND SINNLICHKEIT

Ich weiß, dass wir glücklich sein werden. Ich weiß, dass der Sommer in Glück und Freude vergehen wird.

Marianne Dashwood

SINN UND SINNLICHKEIT

Es geht doch nichts übers Tanzen; ich betrachte es immer als eine der vornehmsten Errungenschaften eines wirklich kultivierten Volkes.

Sir William Lucas

STOLZ UND VORURTEIL

Bis zu diesem Augenblick
habe ich mich
selbst nicht gekannt!

Elizabeth Bennet

STOLZ UND VORURTEIL

Ich weiß nicht, was heute mit mir los ist,
aber ich kann einfach nicht ruhig schreiben:
immer verliere ich mich in Anfällen
von Begeisterung.

BRIEF AN CASSANDRA AUSTEN, 11. JUNI 1799

Ich hätte am liebsten nichts als Tee.

Sir Thomas Bertram

MANSFIELD PARK

Es gibt nichts,
was mich ermüdet,
es sei denn, ich tue etwas,
das ich nicht mag.

Fanny Price

MANSFIELD PARK

Er ist wirklich sehr nett und meinen Segen hast du. Dir haben schon ganz andere Hohlköpfe gefallen.

Elizabeth Bennet zu Jane Bennet

STOLZ UND VORURTEIL

Je mehr ich die Welt kennenlerne,
desto fester bin ich davon überzeugt,
dass ich nie einen Mann finden
werde, den ich wirklich lieben kann.
Ich erwarte so viel!

Marianne Dashwood

SINN UND SINNLICHKEIT

Dann setzte er, was ihn
nur noch interessanter machte,
bei strömendem Regen
seinen Weg fort.

SINN UND SINNLICHKEIT

Meine Gefühle und Wünsche sind unverändert geblieben; aber ein Wort von Ihnen genügt, und ich werde nie mehr darüber sprechen.

Mr. Darcy zu Elizabeth Bennet

STOLZ UND VORURTEIL

Wenn ich Sie weniger liebte,
wäre ich vielleicht in der Lage,
mehr darüber zu reden.

Mr. Knightley

EMMA

Es durchschoss sie wie ein Pfeil,
dass Mr. Knightley keine andere
heiraten durfte als sie selbst.

EMMA

Meiner Meinung nach
ist jede Handlung
ungerechtfertigt, wenn
sie in einem Missverhältnis
zum gewünschten
Ergebnis steht.

Mary Bennet

STOLZ UND VORURTEIL

Es gibt nichts, wozu man sich nicht mit Willensanstrengung durchringen kann.

BRIEF AN CASSANDRA AUSTEN, 25. JANUAR 1801

Erfolg setzt Bemühungen voraus.

EMMA

Wo ich so viele Stunden damit
zugebracht habe, mich zu überzeugen,
dass ich richtig handle, besteht da
nicht auch jeglicher Grund, fürchten
zu müssen, dass es doch
nicht richtig ist?

Oberst Brandon

SINN UND SINNLICHKEIT

Ich bin ein Leben lang bestrebt gewesen, alle Schwächen zu vermeiden, die einen der Lächerlichkeit preisgeben können.

Mr. Darcy

STOLZ UND VORURTEIL

Man kann stolz sein,
ohne eitel zu sein.

Mary Bennet

STOLZ UND VORURTEIL

Aber die vergangenen Fehler eines Menschen aufzuweisen, ohne zu wissen, wie es diesem in dem jetzigen Moment ergeht, schien ungerechtfertigt.

Jane Bennet

STOLZ UND VORURTEIL

Was weise und gut ist,
verspotte ich nicht.

Elizabeth Bennet

STOLZ UND VORURTEIL

Sie können sich
über Ihre Begabung, mit
Geschmack zu schmeicheln,
glücklich schätzen.

Mr. Bennet zu Mr. Collins

STOLZ UND VORURTEIL

Die Fähigkeit, Dinge mit Schnelligkeit zu bewältigen, wird von jenem Besitzer dieser Fähigkeit sehr geschätzt, und dies oft ohne der Qualität seiner Ausführung Aufmerksamkeit zu schenken.

Mr. Darcy

STOLZ UND VORURTEIL

Niemand hätte so reizend schreiben können außer dir, Emma!

Mr. Woodhouse

EMMA

Ich wäre
lieber lustig als
weise gewesen.

Emma Woodhouse

EMMA

Er spürte die
Gefahr, die darin lag,
wenn er sich zu viel
mit Elizabeth
beschäftigte.

STOLZ UND VORURTEIL

Der eigentliche Grund war ja, dich wiederzusehen und zu versuchen, mir darüber klarzuwerden, ob ich je hoffen durfte, deine Liebe zu gewinnen.

Mr. Darcy

STOLZ UND VORURTEIL

Wünschen
bedeutete für sie
Hoffen, und Hoffen
bedeutete Erwarten.

SINN UND SINNLICHKEIT

Harriet gehörte zu den Frauen,
die, wenn sie sich erst einmal verliebt
haben, immer verliebt bleiben.

EMMA

Je mehr man für manche Leute tut,
desto weniger tun sie für sich selbst.

EMMA

Nichts ist so gut gegen Kummer wie Beschäftigung. Rege, unumgängliche Beschäftigung.

MANSFIELD PARK

Wie schnell wir Gründe bei der Hand haben, das zu billigen, was uns gefällt!

ÜBERREDUNG

Ich glaube, ich habe gestern Abend in Hurstbourne zu viel Wein getrunken. Ich weiß nicht, wie ich das Zittern meiner Hände heute sonst erklären soll. Du wirst mir daher freundlicherweise jede Unschärfe meiner Schrift verzeihen.

BRIEF AN CASSANDRA AUSTEN, 20. NOVEMBER 1800

Ich bin äußerst gespannt auf unseren Tanzabend morgen, da ich im Laufe des Abends eigentlich einen Heiratsantrag von meinem Freund erwarte. Ich werde ihn aber ablehnen, es sei denn, er verspricht, sich von seinem weißen Mantel zu trennen.

BRIEF AN CASSANDRA AUSTEN, 16. JANUAR 1796

Er scheint zur harmlosen Sorte junger Männer zu gehören. Nichts zum Mögen oder nicht Mögen an ihm. Er geht den ganzen Morgen mit den zwei anderen auf die Jagd oder zum Schießen, spielt Whist und macht abends komische Gesichter.

Brief an Cassandra Austen, 23. September 1813

Passabel, aber nicht genügend, um mich zu reizen.

Mr. Darcy über Elizabeth Bennet

STOLZ UND VORURTEIL

Du weißt, wie interessant der Kauf eines Biskuitkuchens für mich ist.

Brief an Cassandra Austen, 15. Juni 1808

Den Gedanken,
dass ein Mann wie Darcy
sie bewundern könne,
hielt sie für abwegig.

STOLZ UND VORURTEIL

Wer wohl als erstes entdeckt hat,
dass sich die Liebe mit der Poesie
gründlich vertreiben lässt?

Elizabeth Bennet

STOLZ UND VORURTEIL

Der Besuch
war einfach herrlich –
vollkommen, denn er
war viel zu kurz.

EMMA

Ich lasse mir von
einer Uhr nichts vorschreiben.

Mary Crawford

MANSFIELD PARK

Zu Weihnachten lädt sich jeder seine Freunde ein, und die Menschen machen sich nichts daraus, wenn das Wetter auch noch so schlecht ist.

Mr. Elton

EMMA

Ach, man hat es
doch nirgends so gemütlich
wie bei sich daheim.

Mrs. Elton

EMMA

Ich möchte nicht,
dass Menschen
liebenswürdig sind,
es erspart mir den Ärger,
sie mögen zu müssen.

Brief an Cassandra Austen, 24. Dezember 1798

Er ist durchaus nicht hochmütig!
Er ist der liebenswerteste
Mensch, den es gibt!

Elizabeth Bennet

STOLZ UND VORURTEIL

Ich bin immer
noch eine Katze,
wenn ich eine
Maus sehe.

Brief an Cassandra Austen, 23. September 1813

Drei oder vier Familien in einem Dorf auf dem Lande, das ist der ideale Romanstoff.

Brief an Anna Austen, 9. August 1814

Und wenn man schon verreist,
gibt es keine große Wahl zwischen
vierzig und einhundert Meilen.

Mr. Woodhouse

EMMA

Wir suchen die
beste Moral nicht in den
größten Städten.

MANSFIELD PARK

Ein Mann löst sich nicht
aus einer solchen Hingabe des Herzens
an eine solche Frau! –Er sollte es nicht,
er kann es nicht.

Captain Frederick Wentworth

ÜBERREDUNG

Natürlich gibt es auf der Welt
nicht so viele Männer mit
ansehnlichem Vermögen, wie
es hübsche Frauen gibt,
die sie verdienen.

MANSFIELD PARK

Was haben wir ein
grauenhaft heißes Wetter!
Es behält mich in einem dauerhaften
Zustand der Unfeinheit.

BRIEF AN CASSANDRA AUSTEN, 18. SEP. 1796

Überraschungen sind töricht.
Die Freude wird dadurch nicht
vergrößert, und die Unannehmlichkeiten
sind oft bedeutend.

Mr. Knightley

EMMA

Wo die Gesundheit auf dem Spiel steht, sollte nichts Anderes in Betracht gezogen werden.

Mr. Woodhouse

EMMA

Ich habe nicht viel Mitleid mit Erkältungen ohne Fieber oder Halsschmerzen.

BRIEF AN CASSANDRA AUSTEN, 21. JANUAR 1799

Es obliegt insbesondere denjenigen,
die ihre Meinung nie ändern,
die Sicherheit zu haben,
anfangs richtig zu urteilen.

Elizabeth Bennet

STOLZ UND VORURTEIL

Ich habe auf die Bedeutung von Tanten immer großen Wert gelegt.

BRIEF AN CAROLINE AUSTEN, 30. OKTOBER 1815

Ohne Musik
wäre mein Leben
inhaltslos.

Mrs. Elton

EMMA

Ich bin sogar noch glücklicher
als Jane: Sie lächelt bloß,
ich lache die ganze Zeit.

Elizabeth Bennet

STOLZ UND VORURTEIL

Alleinstehende Frauen
haben eine schreckliche Neigung,
arm zu sein – was ein überzeugendes
Argument fürs Heiraten ist.

BRIEF AN FANNY KNIGHT, 13. MÄRZ 1817

Wo Menschen
wirklich verbunden sind, ist selbst
Armut ein Reichtum.

Isabella Thorpe

NORTHANGER ABBEY

Mr. Bingleys Herz
wurde Gegenstand der lebhaftesten
Gespräche und Sehnsüchte.

STOLZ UND VORURTEIL

Die Fantasie einer Frau
kennt keine Hindernisse:
Aus Bewunderung macht sie Liebe
und aus Liebe gleich Ehe.

Mr. Darcy

STOLZ UND VORURTEIL

Du kannst nicht erwarten,
dass Mädchen in
diesem Alter die Vernunft
ihres Vaters oder
ihrer Mutter
besitzen.

Mrs. Bennet zu Mr. Bennet

STOLZ UND VORURTEIL

Es gibt ein schönes altes Sprichwort:
Spar deinen Atem, um deine Suppe
zu kühlen – ich muss meinen jetzt leider
auf Gesang verschwenden.

Elizabeth Bennet

STOLZ UND VORURTEIL

Halb verzweifle, halb hoffe ich.
Sagen Sie nicht, dass ich zu spät komme,
dass solch edle Gefühle für immer
entschwunden sind.

Captain Frederick Wentworth

ÜBERREDUNG